AF332368

LA DESCENTE

DES

PARPAILLAVX

AVX ENFERS, ET

l'accueil à eux fait par les
Bourgeois du Manoir
Plutonique.

A PARIS,

Par Pierre Columbel : Iouxte la
Copie imprimée à Tours par
Iean Oudot, Imprimeur
ordinaire du Roy.

M. DC. XXII.

Auec permission de sa Majesté.

La descente des Parpaillaux
aux Enfers, & l'accueil à eux
faits par les Bourgeois du
Manoir Plutonique.

PENDANT que le
Iaſon François ai-
guiſe ſes armes,
& deſguiſe les voi-
les de ſes vaiſſeaux flottant au
gré de la Marine, ſoubs la fi-
delité de ſes argonautes, & des
fils de Borée pourſuiuans auec
luy l'oppulente Conqueſte de

la Rocheloise toison. Et que
le grand Apollon de la France
retourne pour grimper sur le
Moutauban destiné par les
Muses, pour là edifier de Par-
nasse de sa gloire triumphante
que les Neuf sœurs chanteront
d'vne voix doucement amou-
reuse.

Le Roy du Manoir Infernal
s'aduisant qu'il y a tant d'an-
nees qu'il tient Luther, Caluin, & Baise prisonniers en sa
Conciergerie sans auoir esté
payé de leur rançon, *sæuus in-
sultans furor* delegue Charon
pour le denoncer aux Rochelois, protestant à faute de ce

faire de son indignation.

I celeres proscindè notos primor-
   dia testor
Noctis, & horrendæ stagna inte-
   merata plaudis
Si dicto parere negant, patefacta
   ciebo
Tartara Saturni veteres laxabo ca-
   tenas.

Ces mots ouys, Charon pre-
pare sa barque & ses voiles en-
flez par vn vent fauorable du
matin, il passe l'écumeux Phle-
geton, le Stix & le Cocyte, &
sur le Midy arriue à l'Occean
Rochelois? où rencontrant vn

Seigneur signalé luy faict la re-
uerence, luy offre son seruice,
& sa barque pour passer en En-
fer ces Marannes, & arriué prez
des murs Rochelois oyant hor-
riblement meugir vne vache
s'effraya, parce qu'il n'en oyt
& n'en void point de telle aux
champs Elisiens : mais ayant ra-
pellé ses esprits accomplit par
tels mots son message.

A toy chef Rochelois, Pluton mon
   Roy commande
De payer les tributs, & l'honneur
   qu'il demande
Ce qu'il veut à l'instant, iurant si tu
   y faux

Qu'il comblera ton peuple & ta
ville de maux.

RESPONSE.

Fidel Ambaſſadeur ie ne puis à cette
heure
Si tu ne fais icy plus longue ta de-
meure:
Mais dis luy que bien-toſt nous irons
tous le voir,
Et que nous luy ferons alors tout le
debuoir,
Il ſera contenté, ie le iure, à ſon aiſe,
A Dieu parle de moy, à Luther, &
à Beſe.

Ce Nautonnier Infernal s'en
retournant auecques ces nou-

uelles, ſſt rencontre d'vne mul-
titude de Papillons aiſlez, qui
à ce Printemps gracieux nou-
uellement ſortis de leurs coc-
ques voloient ſur les plus belles
fleurs de la France, & en hu-
moient le ſuc ſauoureux, meſ-
mes dreſſoient leur vol ambi-
tieux iuſques au Paradis terre-
ſtres, où ils cueilloient les plus
belles fleurs, & comme harpies
infectoient le reſte, & fai-
ſoient mourir les Iardiniers
qui en cultiuoient les parterres.
Mais vn Eſcadron de Payſans
ſuruenus voyár que ces Parpail-
daux vouſloient eſtendre leurs
aiſles deſſous les lys ſacrez, ſon-

nerent

ierent tellement fureux le Cha-
ribary qu'ils les affemblerent
en la barque de ce batelier Plutonique, qui foubs la faueur
des Aquillons leur fift paffer
toutes les riues ftigieufes. Si
bien qu'arriuez à la porte du
Tenare Cerbere de l'Orcque
gardien voyant tous ces Papillons comme groffes mouches
voler les vns fur la queue, & les
autres autour de fa tefte, luy qui
ne fçait que c'eft que de iouer,
ouure les trois gofiers & def-
gorgea de fi horribles abois,
qu'il les fift promptement entier
dans le tenebreux Dedale, & à
leur venuë tous les prifonniers

de Pluton commencerent à se
reſiouïr, eſtimant que le Prin-
ce leur venoit regardant tant
de papillons voleter.

Soluitur   Ixion inuenit Tantalus
vndas
Chacun ſe reſiouyſt, Caluin, Luther,
& Baiſe.
Sortent de leurs cachots, tout le cœur
leur bat d'aiſe.

Mais leur ioye fut bien cour-
te, car incontinent les furies &
les parques redoublerent leurs
liens & leurs peines.
Coniurant furiæ crinitaque fronti-
bus hidris

Tisiphone quatiens infesto limine
pinum
Armatos ad castra vocat pallentia
manes.

Et lors Pluton boüillonnant
de courroux, apres auoir desro-
gé furieusement vn (Quos Ego
&c.) Ainsi addressa aux parpaillaux sa harangue.

Presumptueux Icares, vos ail-
les posées dessus la Bize d'vne
inconstance peruerse, n'ont
porté guere haut le vol de vos
desseins opiniastres, vostre im-
prudence commençant à voler,
n'a pas bien preueu le but de sa
volée, qui maintenant est re-

duicte à son entree.

La Cire de vos aisles s'est fonduë par les rayons du Soleil de la France, qui auoit si pitoyablement regardé vostre premiere faute, esclairant à vostre conduicte, au lieu de s'obscurcir à son esgard conduisant vostre troupe au lieu de le conduire. Quoy? ne iugiez vous pas que vous n'esties que des Papillons dont le vol peut s'abatre par la moindre rosee, & que sur la Bize vostre enseigne, vostre aisle estoit portee pour vn temps seulement, ne luy estant permis de souffler en tous lieux.

Ie conclus quant à moy, que
le Iuge est tres iuste qui pour
punir voftre outrecuidance
vous a enuoyez icy expier voftre offence commife, & comme il eft repute iufte aux Roy-
aumes de Iupiter, & de Nepu-
ne; ie le tiens pour tel en mon
Royaume fombre. Quoy ? ne
fçauez vous pas que le iufte
Louys, dont le bras infatigable
eft redoubte fur mer, fur terre,
& mefme en ce manoir ftix-
gieux.

Par toutes les anciennes Pro-
pheties par l'aduis des Cieux &
des hommes doit fubiuguer vn
iour tous les opiniaftres : con-

ſeſſez doneques maintenant
qu'à bon droict voſtre orgueil
eſt deſcendu çà bas , voulant
vous eſleuer trop haut, & qu'il
eſt temps que vous vous repen-
tiez du forfaict, & reſſentiez la
iuſte punition de voſtre outrecuidance.

Telles paroles dictes , ces papillons volatils au profond de
l'obſcur chaos infernal, voyant
vn feu flamboyant d'eux-meſ-
mes , ſe ieterent parmy les flã-
mes ardantes, bourreles de leur
conſcience & ſelon leur extra-
ction & valeur furent eſleus, les
vns Soldats deſſoubs la con-
duite de Belzebuth, les autres

Marmitrons à la cuisine de Pluton , où ils attendent leurs autres camarades.

AV ROY.

SONNET.

IVste Guerrier, seuere, debon-
naire,
Doux, punisseur, misericordieux:
En actions imitateur des Dieux
De la vertu & des mœurs l'exem-
plaire.

Le souuerain a soing de vostre
affaire,
Tous vos combats il regarde des
Cieux,
Le Ciel en dit vn chans melodieux

Tout Astre és Cieux dauantage en
esclaire.
Or le Printemps va odorant vos
lys,
Plus que ses fleurs il les treuue ac-
complis,
En tous pays vostre vertu resonne,
Chacun vous redoute & vos bras
& vos fers.
Mais de cela qui est-ce qui s'estonne
Puis que grand Roy on vous craint
aux Enfers.

PERMISSION.

IL a esté permis à Pierre Colombel Marchand
Libraire, d'imprimer vn petit discours intitulé
La Descente des Parpaillaux aux Enfers. Et def-
fenses sont faictes à tous Colporteurs & à tous
autres de l'imprimer, sur peine de cinquante li.
seaud'amende.

FIN.